Jörn Pfennig

Immer für dich
nie nur für dich
immer

Heilverfahren

In diesen höllisch milden Zeiten
wo die tieferen Verständnisse
sich einander aus dem Weg
und im lauen Dauerregen
der Unantastbarkeiten
ungeahnt zugrunde gehn

wo Armeen von Schweigelügen
auf unsichtbaren langen Beinen
durch die Niederungen stelzen
in denen sich entdeckungsscheu
Empfindlichkeiten tummeln

in diesen manisch sauberen Zeiten
hüpften wir wie Kinder
in die blitzenden Pfützen
unserer Leiber und Seelen
und suhlten uns gesund
im kleinen Schmutz
den jede große Ehrlichkeit
nun einmal mit sich bringt.

Verglückt

Du legtest mich
in deine Kurven
und trugst mich hinaus
aus jeglicher Vernunft.

Ich überschlug mich
ins Grasgrün
hinter meinen
alten Ohren
und rollte
höchst lebendig
aus.

Männchen steh auf!
flüsterte es von irgendwo
doch ich schmiegte mich
in deine duftende Wiese
und verhalf entschlossen
meiner Kindlichkeit
zum Sieg.

Der Goldmann Verlag
ist ein Unternehmen der Verlagsgruppe Bertelsmann

1. Auflage

Printed in Germany · Presse-Druck Augsburg
ISBN 3-442-30390-7

Jörn Pfennig

Immer für dich nie nur für dich immer

Gedichte

Goldmann Verlag

Keine Reue

Gewiß, es stürzte damals
nur ein kleiner Teil
des Himmels ein –
er konnte uns nicht ganz
unter sich begraben.

Doch wieviele Menschen knüpfen
an noch viel kleinere Himmelsstücke
Gedanken an Unendlichkeit
oder überstürzte Flucht?

Wir teilten seelenruhig
was uns da berührte
und ließen es
auf sanft getrennten Wegen
zu zwei Erinnerungen
werden.

Sprechverbot

Dieser große Blick von dir
damals durch die feinen Maschen
halbverstandener Worte
die um und von uns waren –
er kam sehr wohl
bei meiner Sehnsucht an.

Grenzenlos ließ ich ihn passieren
auf das unwegsame Gelände
meiner Seele
und bewahre ihn seither auf
in der Hoffnung
daß er irgendwann
deine Augen wieder holt
und sich.

Dann, wenn keiner um uns ist
den das Sprechen unserer Augen stört
werde ich ihn erwidern
und unsrer beider Blicke
werden sich ganz laut einreden
daß es höchste Zeit wird
uns schweigend zu umarmen.

Fast verpaßt

Neu und gierig trieb uns
unsere Zuneigung
durch den Park
im Oktober.
Fast hätten wir sie
überholt
so hastig
redeten wir uns
vorwärts.

Doch der Herbst hatte
ein Einsehen mit uns
und unserer
aufgeregten Ferne.

Er schickte durch den Rest
der Wärme von gestern
eine Kälte von morgen
ließ uns frösteln
der alte Kuppler
und zwingend zog es
meine Hand in deine.

Da überlief mich
deine Gänsehaut
und die kam nicht
aus der Kälte.

Ausgebrochen

Damals, als ich deine Heiterkeit
fraß wie ein Bedrohter
wollte ich keinen
Verdacht haben.
Und doch hatte meine immer noch
viel zu furchtsame Seele
hinter den Stäben deines Lachens
eine zum Ausbruch bereite
Traurigkeit im Visier.

Jetzt ist sie
ausgebrochen
und umkreist
auch mich.

Vielleicht
kann ich dir helfen
sie wieder einzufangen
aber bitte versprich mir
daß du ihr in Zukunft
wenigstens
ein Freigehege
baust.

Tango con alma

Im Augenblick
benimmt sich meine Seele
wie ein Bandoneon.

Mal macht sie sich auf
bis zum Zerreißen
möchte die ganze Welt
einatmen.

Dann zieht sie sich
in sich zusammen
bis nur noch Platz ist
für ein Sehnen
nach dir.

Es läßt sich nicht leugnen:
wehmütig ist die Musik
die so in meinem
Zwischenraum
entsteht.

In diesen Momenten
bleibt mir nichts
als der Gedanke
daß Traurigkeit
aus meinem Grund
in Wahrheit
ein Geschenk ist.

Philemons Gruß

Unsere Falten
werden langsam redselig
und durch den Duft deiner Haare
weben sich die Silberfäden –
zu schweigen von meinem
fortschreitenden Immergrau.

Die Lust nimmt sich
längere Atempausen
weiß, daß sie die Ruhe
gewissenlos genießen darf.
Und auch manch anderer Tatendrang
hat sich davongeschlichen.

Unerzähltes aus der Zeit vor uns
ist kaum noch zu entdecken.
An seine Stelle trat
fast unbemerkt
gemeinsam Erlebtes
»weißt du noch…?«

Die Anfangsjahre
die sich manchmal
scheinbar überstürzt entfernten
werden wieder nah und liebenswert
weil sie den Vergleich
nicht fürchten müssen
mit unserer Gegenwart.

Und die Zukunft verhält sich still.
Sie hat auch allen Grund
uns ganz gelassen
beim Älterwerden zuzusehen
weil sie ahnt
wir werden ihr
nur Gutes bringen.

Bock'n Boll

Wäre doch schon in bunter Vorzeit
dein Petticoat beim von meiner
schwitzigen Hand verordneten Kreisel
knisternd gegen mein Knie gewippt.

Wärst du doch im Überschwang
aus Routine oder Tapferkeit
dem schmelzenden Befehl gefolgt
»put your head on my shoulder«.

Hätten doch Paul Anka und Elvis
unsere Lippen aneinander geschnulzt
und das Bollwerk meiner Verklemmung
zum Einsturz gebracht…

Unwiederbringlich auseinander geschwemmt
vom Katarakt meiner endlich frei gelassenen
unaufhaltsamen Sehnsüchte
wären wir unserer Jugend erlegen.

Und trotzdem liebe ich
meine gelegentliche Habgier
nach vielen
viel früheren
Jahren mit dir.

Mysteriöses Geschenk

Du legtest mir
einen bunten Cadillac
aus Blech ans Herz.

Ich fuhr darauf ab
und zerschellte
um ein paar Haare
an deinem kantigen
Venushügel.

Lächelnd übtest du
Geduld
hobst mich auf
und nahmst
mein Ungestüm
mit sanfter Hand
hinauf zum Gipfel
wo es im weichen
Feuer versank.

Weit weg
schimmerte der Cadillac
im Lavalicht
und glättete gelassen
seine Beulen
als sei er dergleichen
längst gewohnt.

Richtiges Ambiente

Wären wir, auf verschiedenen
Bahnen durchs Weltall rasend
uns zufällig
nach hunderttausend Jahren
auf einer Milchstraßenkreuzung
begegnet, es hätte
universal gekracht.

Wären wir, unendlich unter Tage
uns gegenseitig
durch ein Meer von Kohlestaub
in die Funken
unserer Blicke geraten
die Schlagwetterexplosion
wäre verheerend
gewesen.

So aber saßen wir
uns gegenüber
in einer Pizzeria
in Dinslaken
und der Boden
war so nah
daß alles
in vollendeter
Ruhe
seinen Weg
gehen konnte.

Bild-Bild

In Wahrheit
ein leeres Blatt.
Aus Sehnsucht
nach Orientierung
Knallfarben
in Öl.

Beim Näherkommen
halbsicher pastell
verschwimmend
ein Aquarell.

Zugeneigt
eine Federzeichnung
zart aber definitiv.

Liebend
mal dieses
mal jenes
mal alles.

In Regel und Maß
gesicherter
Fotorealismus.

Farbenflucht
strenge Linien
Holzschnitt.

Verblassender
Grauton
Miniaturen.

Gedankenstrich.

Punkt.

Leeres Blatt.

22:45 Ortszeit

Lieblos der eine
leblos die andere
haben sie soeben
in Gottes Namen
das Wunder vollbracht:
in abzählbarer Zeit
schlüpft ein neuer Mensch
dem Leben und der Liebe
entgegen.

Epitaph

Er sagte ihr
ICH LIEBE DICH
da mußte sie
dran glauben.

Ehrenworte

Als ich dich sah
war mir klar

und wenn du gehst
bring ich mich

ohne dich leben
weil was noch

kannst du nicht
wie soll es denn

aus der Traum
wird nichts

war nichts
du mich auch.

Verflixt

Schon wieder ist
ein Traumpaar
wach geworden.
Der Wirklichkeit
schmerzhaft
aufgelaufen.

Und dabei
haben wir es
doch so
geliebt.

Gegenprobe

Ihr, die ihr mir
so oft erbittert
eure Krallen zeigt
und lautstark
zornig und entschlossen
das als hohes Gut
verteidigt
was euch eher
niederzwingt

die ihr eisern
darauf besteht, daß nur
die Ausschließlichkeit
Garantie ist
für das Liebesglück
daß Treue gottgewollt
und somit Eifersucht
auch ganz
natürlich ist

warum fällt euch
auf die kleine Frage
wie viele Jubelpaare
der von euch
ersehnten Bauart
ihr denn
um euch kennt
meist nichts
als großes Schweigen ein?

Druckausgleich

Ein Fenster wirft sich
auf die Straße
erträgt den Druck
nicht länger.

Der Fernseher
will hinterher
ist neidisch
auf das Splittern.

Die Bücherwand
beginnt zu zittern
will auf zu
neuen Ufern.

Es wankt der Schrank
im Schlafgemach
möchte alles
unter sich begraben.

Der Goldfisch
hüpft aus seinem Glas
und sucht den Freitod
auf dem Teppichboden.

Die Hausfrau beißt
mit stumpfen Zähnen
auf ihren Pulsadern
herum.

Dafür fängt sie
mächtig eine
vom Hausherrn
der da wettert.

Noch schmeißt er
den Goldfisch
rettungslos
zurück ins Naß

verbrüllt ein
neuerliches Machtwort
dann kehrt zugig
Ruhe ein

denn wie gesagt
das Fenster…

Auf dem Fuße

Sogar der Vollmond
das dumme Dickerchen
heulte mit
den Wölfen
die den Prinzen
gewissensbissig
umturnten
als der, verleitet
durch das Gleisen
in der Nacht
kein Froschsein
mehr mochte
deshalb was
von Liebe stammelte
und alsbald
angewidert
vor seinem Haufen
gebrochenen Schweigens
bleichte.

Kleines Drama

Eigentlich war es völlig klar:
das bißchen Verlassenwerden
bedurfte nur
der minderen Kontrollstufe –
vergiß es, alter Junge!

Doch kaum fiel
beim Suchen nach nichts
oder einem vernichtbaren Foto
die gepreßte Anfangsmargerite
aus jener Euphorie
in den derzeitigen Blick
wurde der Guß
der Queen of tablewaters
ins Klo dramatisch
wie der Stechschritt zum Bourbon
und der hagere Entschluß
sich zu Tode zu saufen
und zwar noch
in diesem Leben.

Ewig gültiges Endrezept

...ein Glas Sherry
beigeben und
unter gelegentlichem
Anrühren
warm werden lassen.

Beim ersten Aufwallen
das scharf gewürzte
Fleisch untermengen.

Dann bei starker Hitze
unter ständigem Rühren
in drei bis vier Minuten
fertigmachen.

Schöne Aussicht

Ächzend erhob sich
der Kavalier
schob seine
besockten Füße
durch die Baumwollripp-
mit-Eingriff-Unterhose
in das Beinkleid
zog sein Ringelshirt
über den Wanst
und sagte
mit Grandezza
zur Bestiegenen:
»Auf dich
werde ich
noch
zurückkommen.«

Schwere Geburt

Schmerzhaft drückte sich
sein Gesicht aus, gebar
ein bißchen Traurigkeit
doch die erhofften Worte
blieben aus.

Ratlos krempelte
die Geburtshelferin
ihre Ärmel
wieder herunter
und ließ sich ein
auf weiteres
Warten.

Irgendwann
kurz vorm Implodieren
würde hoffentlich
der Kaiser den Schnitt
von alleine tun.

Nasse Zeiten

Die siebenundzwanzigste
im dritten Hundert
des vierzehnten Tausends
eines sorgsam
verhalten getragenen
Männerlebens
hätte eigentlich
den Durchbruch
schaffen müssen.

Doch bevor
ein Tränensack
leck schlug
schlug er
eben noch zur rechten Zeit
seine Frau aus dem Leben
und ging mannhaft
hinter Gitter.

Es folgten
nasse Zeiten
und da
am endlich Weichen
rieb sich
seine Unschuld auf.

Mann oh Mann

Schlenzst im ›High noon‹-Breitschritt
durch die Auslagen
weibgefüllter Straßencafés
coolst dir lächelnd einen ab
die Hand zum Kniff bereit
in selberschuldige Frauenärsche
knallst dein aufgemotztes Spoilerface
hinters untergebene Lenkrad
und begreifst nicht
deine Widerstehlichkeit.

»Flittchen«

Die hat ja schon
mit jedem.
Als hätte nicht
auch schon
jeder mit ihr.

Kreislauf

Er war in ihren Körper geraten
wie in eine Stehkneipe –
schnell mal einen heben.

Irgendwie wars ganz gemütlich
deshalb machte er ihren Leib
zu seinem Stammlokal.

Aus Sehnsucht nach Liebe
bot sie ihm Spezialitäten –
Drei-Sterne-Restaurant.

Nach dem Standesamt
bot das Wirtshaus
solide bürgerliche Küche.

Anstatt Regelmaß in der Kantine
lieber in die Stehkneipe –
schnell mal einen heben.

Casablanca

SCHAU MIR IN DIE AUGEN, KLEINES
blanker Käse, Bogie-style
gesofteter Männerschrott
as time goes by
und Ingrid mit dem
Wimmerblick.

Es ist nicht Hollywood allein
es ist die Andacht so erschütternd
mit der es gar so vielen Frauen
heute noch gelingt
sich Humphreys umflortem Blick
im Geiste herzlich gern
mit der Bergman auszuliefern
beim
SCHAU MIR IN DIE AUGEN, KLEINES.

An Marilyn

Hast dich an deinen
Rundungen
wund gestoßen
weil die Welt um dich
so kantig war.

Hast deine Kanten
nicht rund gekriegt
weil die Welt um dich
so glatt war.

Warst wund
vom zweiten Anfang an
gestoßen
wie auch immer.

Hast viele
Nachfolgerinnen
Marilyn.

Unerhört

Es war ein Schrei.

Irgendwoher
irgendwohin.

Aus den Straßenschluchten
in die Birkenwälder.

Aus Porzellanseelen
in Schaumstoffhirne.

Aus Treppenhäusern
an hermetische Türen.

Aus süchtigem Kindermund
an trostlose Vernunft.

Von ganz nah
vorbei.

Enttäuscht
besann sich der Schrei
auf seine Vergänglichkeit
und rannte
dem nächstbesten Gelächter
ins offene Messer.

Untauglicher Versuch

Bevor sich meine Trauer
in all den ganz normalen
Traurigkeiten verliert
will ich dir
bestürzt und ratlos
unbeholfen
ein paar Worte
hinterherversuchen:

Verlassen fühlen sich
so viele
von der Welt
Gott inklusive
und der Kummersuff
läßt sich nun mal nicht
per Fernbedienung
abstellen.

Mag sein, du hast dich
von dir selbst befreit
aber die Frage
die so alt ist
wie junges Sterben
bleibt mit uns:
warum ausgerechnet
du?

Und jetzt
ist der Frühling so warm
daß dir die Menschen
das Überleben
vielleicht sogar
ermöglicht hätten.

Bergung

Und wenn sich
mein anfälliger Kopf –
wieder einmal
kalt erwischt
von irgendeiner
Wirklichkeit –
durch einen Tag
gefroren hat
dann findet er
in unserer Nacht
in deiner warmen
Achselhöhle
seinen Platz
zum Überleben.

Wachmann

Und wenn es dein Atem
plötzlich eilig hat
weil sich in deinen Träumen
vermutlich Dinge tun
die dir nicht geheuer sind
dann legt mein Arm um dich
noch etwas Druck zu
ein Lächeln wird
unwiderstehlich
und vor lauter Liebe
habe ich den leisen Verdacht
daß ich mir wieder einmal
zutraue, dich vor allem Wehtun
dieser Welt zu bewahren.

Abschied von dir und dem Haus im Süden

Wie wünsch ich dir
die tiefsten Träume
so tief, daß meine Gedanken
dich nicht wachwandern.

Unterm Zinnoberdach
und Eukalyptusbäumen
kann ich nun nicht mehr
den sonoren Helden spielen
der deine furchtsamen Phantasien
durchaus teilt
wenn das aufgeregte Meer
beharrlich mit der Mauer spricht
oder der verspielte Westwind
im wilden Wein
seine Pirouetten dreht.

So gerne würde ich jetzt
wie gestern noch
dich durch mich
und mich durch dich
beschützend
neben dir und deinem Atem
dem Schlaf entgegenliegen.

Hier ist alles wie gewohnt
kein solcher Wind, kein Meer
dafür ist Deutschland wieder
ganz und gar um mich
und das tut nicht nur gut.

Anstatt eines Anrufs

Ich wollte dir nur sagen
daß gerade jetzt
wo alles doch
so ganz besonders
gut ist
und unseren Langzeithimmel
gar nichts trüben kann
die Sehnsucht
wunderliche Blüten
treibt.

Du bist
auch räumlich
nah
ich bräuchte nur …
doch heute
behalte ich es
wieder mal
für mich.

Wenn ich dir morgen
diese wunderlichen Blüten
als Strauß aus unserm Leben
überreiche
dann wirst du dich
freuen.

Also schweige ich
heute
gerne.

Ungeduldig

Abstrakter als du
kann ein Kunstwerk
kaum sein.
Entdecken lassen sich
verzaubernde Konturen
der Inhalt erschließt sich
jedoch wohl nur dem
der dich mit
distanzierter Ruhe
ergründen will.

Verzeih, aber dazu
fehlt mir Gott sei Dank
die Geduld.

Saat gut!

Aus einer und ersten Nacht
wurde unsere Freundschaft
so, wie wir beide sie verstehen:

Vertrautheit anstatt Regelmaß
Gespanntheit anstatt Spannung
Freude übers »Endlich wieder«
kein vorwurfsvolles »Wird auch Zeit!«

Ungebrochene, niemals satte Neugier
wo andere innerlich die Zähne fletschen
beim Angriff der Wiederholungen.

Anziehung, nicht Anzüglichkeit
und vielleicht wird irgendwann
wieder diese freie Willigkeit
uns in einer nächsten Nacht
besonders nah zusammenbringen.

Touch and go

Ich will nicht sicher sein
daß der Kuß, den ich dir
so freundschaftlich
zum Abschied gab
so freundschaftlich war.

Weit weg vom Zentrum
deiner Lippen
war dein Hals
die Landungsbrücke
zum von mir
nicht unersehnten
Zittern deines Leibs.

Aber haben wir beide
nicht grandios
voreinander
das wirklich Weite
gesucht?

Sturzl

Mit der Schl
wich meine S
Sorgenfalten
waren angebr
War dem zu widerstehn
was sie da
herbei lächelte?

Sie packte aus
und verleibte mich ein
im Sturz
ergötzte sich
wohl weniger an mir
als an meiner
Rettungslosigkeit.

Küssend lachte sie
mir die Flecken
vom Gewissen
nach meinem
Highspeed-Wohlergehen
und vollendete
überzeugend heiter
den angebrochenen
Abschied.

Trotzdem
bat ich mich
im nachhinein
noch lange
um Erlaubnis.

Versäumnis

Sattgeliebt
schmeckt er
dem nach
was ihm ihre
unerhoffte Liebestafel
so reichlich bot
durchgebogen
unter der Fülle
all der Köstlichkeiten.

Erst jetzt
aus ereilter Ferne
ahnt er
ein Versäumnis:
als Dessert
ein kleiner Kuß
vor Tür und Angel
das wär's
gewesen.

Ein- und Ausführung mit Physik

Sich selbst hielt er für rank und jung
sie schien ihm eher ältlich aufgebläht
nicht tauglich für Vergötterung
doch wie es einem eben geht –
er war heut ungemein in Schwung
war biorhythmisch aufgedreht
er lechzte nach Erleichterung
und pfiff auf Qualität.

Sie glaubte der Beteuerung
daß er immer zu ihr steht
empfand sogar Begeisterung
für ein zartes Tête-à-tête
in der Sommerabenddämmerung
da war es schon zu spät –
er drängte zur Vereinigung
in einem Primelbeet.

Sie seufzte nach Verlängerung
und fühlte sich verschmäht
denn er, nach seinem Seitensprung
verstaute schleunigst sein Gerät
und verdrückte sich ohne Erläuterung
warum sich manchmal ein Magnet
nach körperlicher Näherung
benimmt wie umgedreht.

Käpt'n Cock

Er suchte ihre Nähe
um fern von sich zu sein
doch zwei, drei ihrer Worte
stellten ihm ein Bein.

Liebe, Treue undsoweiter
hieß es lichterloh
da brannten seine Träume
ab nach irgendwo.

Er floh ganz schnell zu sich zurück
ging wieder unter Deck
und machte ungefährdet
ins Laken seinen Fleck.

Schizophantasie

Ihre Nacktheit passierte zu schnell.
Ihre Umarmung war zu innig.
Ihre Freude am Lieben war zu groß.
Ihr Orgasmus war zu laut.
Gefahr! sagte sich der Mann
und schickte seine Sehnsüchte
zurück in die Wüste.

Gemein?

Fremdgängern
die ihr verlassenes Gelände
wie auch das neu betretene
mit ihrer Eifersucht verminen
gönne ich einen Fehltritt.

Wörtlich genommen

»Würden Sie sich bitte
freimachen, gnädige Frau«
entkam es, durchaus höflich
dem Weisen in Weiß
und plötzlich erschloß sich
dem Opfer der wörtliche Sinn.

Ungnädig machte die Frau
sich frei, indem sie
durchaus höflich
dem Täter befahl
außer sich selbst
endlich auch die Hose
herabzulassen
sodann auf jenem Folterstuhl
seine breitgezerrten Schenkel
und den entblößten Schämling
ihrem möglicherweise
angewiderten Blick
zur Schau zu stellen.

Bleich wie sein Mantel
wies ihr der Weise
wortlos die Tür
vor der sich die Frau
lauthals und vorsorglich
einen Ersatzast lachte.

Zum Paragraphen

Was fehlt, ist eine
Abtreibungspflicht
für Männer, die
vergewaltigt
von ihrer überlegenen
Hirnmasse
schwanger gehen.

The lost patrol

Seht nur, seht die wirre Schar
der Geschlechterkampf-Strategen
die mählich aus den Ufern tritt
und staatlich, akademisch, christlich
dem Kümmernis zuleiberückt!

Auf verschlungenen Verkündungspfaden
schleppen sie sich den Berg hinan
auf dem die Lösung grinsend hockt
wohl wissend, daß der schlappe Haufen
nie den Gipfel stürmen wird.

Längst verwüstet ist der Geist
von all den grellen Blitzen
die Klugheit nun mal mit sich bringt
und von Stammtischwitzen.

Pflastersteine in den Säcken
winden sie sich gipfelwärts
halb erstickt schon im Gestank
der systematisch totgedachten
und -geschwiegenen Gefühle.

Nichts ahnen sie von jener Seilschaft
die weiblich, kämpferisch und stark
auf der dem maskulinen Weitblick
verborgenen Direttissima
der Lösung flott entgegen steigt.

Fast möchte man den gequälten Herren
wünschen, daß die wackeren Frauen
ihnen nicht den Stein des Weisen
höhetrunken übermütig
von oben auf die Köpfe schmeißen.

Nicht nur aus Mitgefühl, o nein
mich plagt vielmehr die Vision
daß die angeschlagenen Recken
genüßlich ihre Wunden lecken
beim Anblick des besagten Steins.

»Na endlich« werden sie frohlocken
»da ist ja der verdammte Brocken!
Wir haben also nicht umsonst
die Welt und uns geschunden –
schon wieder haben wir der Weisheit
letzten Schluß gefunden!«

Prototyp made in Germany

Armer, alleswissender Mensch
mit dem statischen
Faltenwurf der Stirn
den gehievten Brauen
der vereisten Oberlippe –
von Kanzeln und Kathedern
aus Kolumnen und Kanälen
verkündest du
das Außerordentliche.

Unberührt
vom millionenfachen Verstoß
gegen das Copyright
deines Gesicht-Ausdrucks
hinter verschwitzten Volants
auf verschreberten Grasnarben
in Pinakotheken
und an den Bratwurststränden
Riminis
beharrst du
auf deinem
Urheberunrecht!

Fridericus Magnus

War das Größe
sieben Jahre Krieg
vom Zaun zu brechen
weil ein Weiberarsch
den Feindesthron
besetzte?

Marie-Thérèse
hättest du sie
wohl nennen müssen
alter frankophiler
Fritz
wäre das Schlachtfeld
ein seidenes Laken
und nicht
Schlesien
gewesen!

Alex le crack

War das Größe
auf einer epochalen
Blutspur
ein halbes Dutzend
egomanischer
Namensgebungen
über Stätten und Menschen
zu schütten, die
ums Verrecken
andere Kultur
im Sinn hatten –
Alexandrias
vom Nil
bis zum Indus?

V. S. O. P.

Hätte sich der kleine Korse
nicht seinen Nachruhm
sichern können
durch schlichte Patenschaft
für Cognac?
Mußte er ihn kosten lassen
Myriaden von Menschen
in spießigem Größenwahn
verheizt auf blutverschmiertem
Zickzackkurs nach
Waterloo?

Er mußte wohl.
In den Augen
der geschichtsleeren
Lehrer glimmt er nach
der Ruhm
wenn sie nicht sagen
wes Komplexes Kind
er war, der Korse.

Und indem sie
sein geruhsames Sterben
auf St. Helena beschwören
werden sie noch viele
Schülergenerationen
Mitleid lehren
mit dem mörderischen
Popanz.

Schnaderhüpferl zum lustigen Marschieren

Augen rechts und
links zwo drei vier
stecht die Schritte
brave Knaben
in der Mädchen unterer Mitte
liegt des Schützen liebster Graben.

Worteglauben

Gib zu, Frieden ist möglich
sagt der Glückliche.

Gib dich zufrieden
sagt der Unglückliche.

Was brauche ich Glück?
sagt der Zufriedene.

Zum Glück
braucht's
zum Frieden
nur Friedliche
nicht Glückliche!

Gezeichnet:
ein
glücklich
Unzufriedener.

Schlagworte

Den flirrenden
Stichsport verlernt
die Worte treffen zu lassen
nicht zu verletzen?
Die Grazie des Floretts
nie durch die Trägheit
der massigen Gehirne
sausen gespürt?

Machtlaberer und
Gefechtsportsfreunde:
wenn ihr euch schon
wahllos entschieden habt
für schwere Säbel
dann schlagt sie uns
wenigstens nicht
mit der Breitseite
vors Maul.

Beweist doch
eure Schneidigkeit
mit einem sauberen Schnitt –
oder habt ihr etwa Angst
daß euch unsere Köpfe
überrollen?

Spray it!

Sollte der Allmächtige
tatsächlich irgendwann
begreifen wollen
was er seiner
Schöpfung Erde
mit seinem
Geschöpf Mensch
angetan hat
dann wird er
nicht mehr lange
warten müssen.

Wir reißen ihm
ein Loch
in den Himmel
für den totalen
Durchblick.

Strohfeuer

So geht das nicht weiter:
»Robben, Asylanten und Bäumen
muß geholfen werden«
sagte der Rechtschaffene.
Dann lief er los
von Pontius
und kam wohlweislich
nie an.

Woher die ›irrationale‹ Angst?

Getrost sein sollt ihr.
Im Griff haben alles
die rationalen Herren
die sich selbst trauen
über den Weg
des geringsten Widerstands
gegen die Einsicht
weil sie zwei Sichten
haben oder auch drei
wenn es denn
eine Wahl
erfordert.

Selbstwarnung

Noch ist ziemlich viel
Freiheit da
schwarz auf weiß
und schwankenden Füßen
festgeschrieben.

Doch wenn ich den Atem
nicht atme
der mir gegeben ist
wird er schlecht
und immer dünner
bis er irgendwann
an seinem Nichtgebrauch
erstickt.

Bescheiden

Und wenn sie mich nun holten
und stellten mich an eine Wand
und hielten die Gewehre
im Anschlag auf mein Leben
würde ich nicht um Gnade winseln
und widerrufen, was bis dahin
meine Wahrheit war?

Ich weiß es nicht
und will's auch nie erfahren
will mich zufrieden geben
wenn ich in fetter deutscher Zeit
wo Bekennen nicht das Leben kostet
sondern allenfalls Karriere
nicht allzuoft aus Bequemlichkeit
Überzeugungen verrate.

9. November '88

Zum fünfzigsten
Jubiläum
beantrage ich
die Entschönung
eines zynischen
Wohlklangs.

Es hat sich
auskristallisiert.
Es war eine
Reichschristen-Nacht.

Verbewältigung

Der Morast hat sich
taktisch dünn gemacht
verbirgt sich in alter Dicke
lauernd in der Tiefe
unter einer Schicht
von gnädig Spätgeborenen
die akademisch aufgebläht
an der verwässerten Oberfläche
durch die Geschichte dümpeln
und braune Schuld
schwarzmild verwalten
in Richtung Verdrängungstod.

Doch aus dem Untergrund
steigen immer wieder –
fast möchte man sagen
Gott sei Dank –
im Wohlverhalten angestaute
Gärungsgase auf
zwängen sich mit Macht
an die oberste Fläche
zu einem willigen Sprachrohr
das dann aus erhabener Position
peinlich laut
durch Amt und Würden
verheerend
einen ziehen läßt.

Kassandro

Die Zeiten sind nicht gut.
Die Trägheit
die der feiste Wohlstand
in die Hirne
ziehen ließ
mischt sich schleichend
mit der Angst
vom Futternapf
gedrängt zu werden.

Die, die schon
durchs Sieb gefallen
und ihren Nöten
ausgeliefert sind
steuern von ganz unten
ihre schwarze Sicht
der Dinge bei
zu dem Gebräu
als dessen Zutäter
von ganz oben
die ewig Ungeschorenen
unbeeindruckt
von der Art der Zeit
ihren Reibach machen
und zynisch
Macht einkaufen.

Dazwischen jede Menge Jugend
die sich eingefaßt
und schmuck geschliffen
auf jedes Trittbrett schwingt
solange es sie nur vermeintlich
in lichte Karrierehöhen trägt
oder die sich
von der rauhen Wirklichkeit

esoterisch abgenabelt
schwärmerisch
durchs Schicksal pendelt.

Als stünde über unserem Boden
der immer schon
ertragreich war
nun auch noch ein Gewächshaus
gedeihen Hochmut und Gehorsam
Gleichgültigkeit und Haß
auf alles
was ins Feindbild paßt.

Gespenster
haben Konjunktur
und zetteln in der Leere
der Köpfe und der Fäuste
immer mehr Gewalt an.
Und über allem thront
eine machtbeflissene
Obrigkeit
wie eine Glucke auf der Brut –
nein
die Zeiten sind nicht gut.

Sie nun wieder!

Deutschland den Deutschen
frisch auf den Tisch –
vaterländisch deftige
Stammtischkost.

Ein paarmal
mit geschichtlich
unbeleckter Zunge
des Wählers Magensäfte
wachgeschnalzt.

Spätestens nach
einem Parolenschnaps
der Marke »Hitlers Schatten«
wird das Zeug gefressen.

Und dann?

Es weht ein Rülps
wie Donnerhall …

Korrekt

Mit Recht halten
die Rechten
die Deutschen Werte
hoch:

Ehrlichkeit
Ordnung
Pünktlichkeit.

Ehrlich war
»Mein Kampf«.
Ordentlich verlief
die Vernichtung.
Pünktlich kam
der Endsieg.

Preisfrage

Wieviel charakterliches
Leichtgewicht
muß ein Politiker
in die Waagschale
werfen
um nicht
von der Last
seines Amtes
erdrückt
zu werden?

Antiskeptikum

Hätten wir nur Macht
über unsere Skepsis –
sie einzusetzen
wenn es nottut!

Gegen all die Schwadroneure
aus Politik und Wissenschaft
aus Amtsstuben und Kathedralen
die ihren durchsichtigen Schleim
unter Getöse absondern
und ihn verkaufen
als das Gelbe vom Ei.

Gegen all die Lebenshilfe-Flegel
die den Markt der Seelen sprengen
Sorgedichnichtlebe-Gurus
Derwegzumerfolg-Smarties
Dubistokayichbinokay-
Psychomasturbanten.

Doch sie tanzt aus unserer Reihe
nicht auf unseren Nerven herum
tritt auf Füße
stößt vor Köpfe
denen, die wir mögen wollen
sogar lieben könnten.
Hätten wir nur Macht
über unsere Skepsis!

Polit-Story

Das wollen wir
doch mal sehen
sagte sich der Laie
und legte
seine Blutspur.

Die Profi-Hunde
krochen ihr prompt
geleimt nach
und fanden
auf dem Tisch
die nackte Wahrheit.

Angewidert
ölten sie
ihr Notgelächter
und fingen an
zu schlingen.

Auf dem Wegweg
voll verdrückter Wahrheit
verloren sie vollends
die Orientierung
denn auch der Laie
war unterdessen
nicht mehr
blutig.

Erbgüter

Und wieder hat
ein staatlicher
Überwachungsverein
eine knallharte
Korinthe gekackt:

»Nullkommasechs
Sekunden nach dem
Umschalten auf Rot«
hat es mich wohl
an einer Ampel
vorbeigesogen.

Jetzt starre ich
ratlos auf die
Übermacht
eines deutschen
Strafmandats
und fühle die
trostlose Neigung
in mir steigen
die zwanzig Mark
gehorsam
zu berappen.

Hört, hört!

Unser Kanzler liebt Tucholsky
obwohl er nun ja gar nicht rot ist
unser Kanzler liebt Tucholsky
weil der schon so herrlich tot ist.
Würde unser Kurt erfahren
daß ein überhöhtes Tier
rabenschwarz, borniert und spießig
ihn ins Herz geschlossen hat
und ihn mißbraucht als feiges Blatt
vor der nicht vorhandenen Größe
und so mancher anderen Blöße
er grübe sich aus seinem Grab
und hübe ihm die Rübe ab.

Vom Segnen der Kunst

Verachtung
Verarmung
Vertreibung
Vernichtung
reich waren die Segnungen
armes Deutschland
für deine Kreativen.

O ja, es gab schon immer welche
die du mit deiner Liebe
leibhaftig gesegnet hast –
schließlich braucht
ein Kulturvolk auch Künstler
die lebendig vorzuweisen sind.
Also jeweils alle Achtung
für ein paar.

Doch wie oft hast du dir
mit dem Segnen Zeit gelassen
bis dir das Zeitliche
zuvorgekommen war?

Weiterhin
gesegneten
Schlaf!

Dichterlesung

Geist hängt in der Luft
zum Zerschneiden.
Der Dichter furcht die Stirn
und liest.

Er meint es durchaus heiter
doch traut man sich
und ihm noch nicht
so richtig über den Weg.

Etwas will gewartet werden:
der Leerlauf ist nicht rund
die Zündung bockt –
da, jetzt funkt es
eine Dame gluckst!
Kann man der vertrauen?

Der Dichter liftet
dankbar seine Stirn
Und breit gefächert
verläuft
beim nächsten Werk
ein Grinsen
um die Mäuler.

Jetzt hab ich sie
denkt sich der Dichter
furcht seine Stirn zurück
und greift in seinen
vollen Ernst.

Elegisch bebt er durch die Zeilen
einer ökotragischen Betrachtung
um der Menschheit mitzuteilen
wie sie träge ist und dumm –
da, Donnerwetter, alle Achtung!
verloren hat das Publikum
seine anfängliche Klemmung
ist ganz plötzlich ohne Hemmung
dämlich lacht es sich und krumm!

Dezember-Brunst

Ach, was gäbe ich darum
könnte ich jetzt und gestern
meine abgebrühte Seele
mit all ihren
unstillbaren Fortsätzen
um deinen winterlich
alabasternen Leib schlingen
und einer rasenden
Vergangenheit
erlöst
hinterherlächeln.

Kein Wintergedicht

Zum wiederholten Male
verhandle ich mit Winterworten:
kommt her, ich tu euch
doch nur Gutes.

Umschwärmt von
Myriaden
schneebedachter
Blütensucher
zieren sie sich
saisongemäß.

Nebel, leuchte
mir heim ins Eis!
Tau, auch du
tauch auf!
rufe ich
ins kalte Nachtloch.

Hinterhältig
kichern ferne Flocken.
Wütend renne ich
die Hauswand hoch
breche mir von der Regenrinne
den spöttischen Zapfen
und blicke durch.

Die Rache
folgt im Sommer.

Heiße Nacht

Was brächte ein Schnitt
durch die Luft –
legte sich der Atem
endgültig quer?

Schwermütige
deutsche Federbetten
klatschen Nässe
und westlich der
Besucherritze
rudert ein Ehemensch
durch sein
Sommernachtstrauma
im Pyjama mit nahezu
unbeschränkter Haftung.

Endlich reißt der Himmel
sein Maul auf
und kotzt sich aus
über diese Welt
vor der ich mich
gerade berge
in mir selbst.

O nein (nie!)

Der Mond ersäuft im Wattemeer
und ich im Liebestraum
von List
ist keine Rede
mehr Schaum
Aus! allen Rohren
röhren tät's
wenn nur der Papst
es ganz gelassen
nähme oder hätte.
Es ist der Moment
nicht auszudenken
weil gerade jetzt
geh! mein Samen
quillt –
die Erde
hat mich wieder.

»*Moderne Märchen*«

Vor langer, langer Zeit
es war einmal
einst lebte – ach!
Und alle Menschen glücklich
gab's keinen Beton
nein, Seerosen allüberall
Blondhaar statt Asphalt
Liebe von Herzen
statt Strom vom Atom
Rakete noch kein Scrabble-Wort
und überhaupt
die gütige Fee.

So entkommt den Fabulierern
bei jedem verträumten Stolpern
auf der mühevollen Weltflucht
ein wehleidig-nostalgischer Furz.

Taumelt ruhig verstört
ganz in Märchenhaft
nur zertrampelt mir dabei
bitte nicht den Kleinen Prinzen!

Über die Möglichkeiten von Ozeanen

Ob sie nun auf der
Weihnachtsinsel
Ostern feiern
oder auf den
Osterinseln
Weihnachten –
Hauptsache
sie suchen nicht
ihre Eier
im Stillen
und
ihre Plätzchen
im Indischen.

La chiocciola

Lerne gerade Italienisch.
Heftig!
Heimgesucht vom
deutschen Wahn
tappe ich in Richtung
allzuferner Perfektion
mäste meinen Wortschatz
schlinge auch das
Lebensunnotwendigste.

Kriecht mir
la chiocciola
über den Weg
ahnt, daß ich sie
mir nicht merken werde
und schreit, die Schnecke
nach einer Eselsbrücke.

Übermacht – höflich vorgetragen

Entschuldige
aber hier wohne *ich*
sage ich zur
abwesenden Spinne
und zerstöre
ohne Gegenwehr
ihr Haus.

Schicksal?

Armes Kind
bist mit einem Bein geboren
wirst in kerngesunder Welt
zum Einzelgänger werden.

Menetekel

Am Brückenpfeiler
das Herz
hastig hingesprüht
wie die zwei Namen
die es eskortieren –
ob es noch lebt?

Irgendwo im Nirwana
der Mietskasernen
jenseits des Flusses?

War es stark genug
noch viele Pfeile
zu erhoffen
oder ist es an dem
einen schon verblutet
der nicht nur hier
auf dem Beton
Jahre überdauern muß?

Pietät contra Statistik

Wer würde es schon wagen
einer real existierenden Ehe
ausgerechnet den 24. 12.
als Verfallsdatum
auf die Verpackung
zu stempeln?

Schönfärberei

Verwundet bist du –
dein Herzblut
kleckert nur so rum
verfärbt den Schnee
von morgen
und dem Überrest
der Jahre.
Doch du
von gestern
nennst es
immer noch Liebe
weil du mußt.

Verlassen?

Gewiß, viel zu lange
war deine Liebe in Einzelhaft.
Doch jetzt, wo sich dein Gefängnis
davongemacht hat
um eine andere zu ummauern
herrscht wieder jede Menge
Licht um dich.

Ich bitte dich, versuch's
und laß es sich
in all den silbernen
Spiegeln brechen
die deine neue Welt
zu bieten hat.

Tritt ihnen nahe
küsse sie
und besiegle
unendlich viele
Freundschaften
mit dir.

Treffer

Du liefst ins Fadenkreuz
meiner Wünsche
warst für meinen süchtigen Blick
ganz außerordentlich anzusehn
ich hatte keine Lust auf Bedenken
und ließ dich einfach geschehn.

Jetzt denke ich zurück
an das federleichte Kunstwerk
zu dem wir beide uns verwoben
weil unsere Sympathien
so mühelos zueinanderfanden
und bin dankbar
daß ich meinen Augen traute.

Rhetorische Frage

Woher bloß nahm unsere Scheu
ihre Überlebenskraft
bei all dem, was wir ihr
entgegen sprachen
lachten, taten?

Wie nur überstand sie es
daß wir sie beide
ganz und gar nicht
mochten?

Wie ertrug sie
unsere bemühte
Nichtbeachtung
ohne auch nur
den geringsten Ansatz
zu zeigen
sich zurückzuziehen?

Vergessen/Erinnern

Eben noch ein Wort
bevor du mir
aus der Erinnerung gehst:
die Zeit war gut
die wir gemeinsam hatten –
auch weil sie ziemlich
knapp bemessen war.

Lang genug
um Wesentliches einzubringen
und jene Nähe zu erreichen
aus der man sich
nicht täuschen mag.
Kurz genug
um uns nicht an den Grenzen
unserer Gemeinsamkeiten
zwangsläufig wundzureiben.

Die Zeit war gut
die wir gemeinsam hatten
und wenn wir uns
den Freiraum lassen
für friedliches Vergessen
und gelegentliches Erinnern
dann wird auch eine
weitere Zeit mit uns
ganz sicher
wieder gut.

Schon jetzt

Alles hatte Inhalt:
unsere Worte
unsere Blicke
unsere Berührungen.

Reden, das fließt
Lachen, das hingehört
Schweigen, das lebt.
Vertrautheit
von Anfang an.

Von unseren wenigen
ersten Stunden
wird viel bleiben
und viel
wird daraus werden.

Das erlaube ich mir
zu wissen.

Leider nichts gewesen

Wären wir doch
damals gleich
als wir in unseren
Stromkreis gerieten
jenem kurzen Schluß
erlegen
der mir so oft schon
Anfang war
für lange
Freundschaftsjahre.

Du bist nun mal
bezaubernd anzuschaun
und wenn du
mit mir sprichst
spitzt sich
ganz unvermeidlich
in Gedanken
mein Mund zum Kuß.

Doch warum muß ich mich
wenn wir uns
nach geraumen Zeiten
auf mein Betreiben
wiedersehn
dabei ertappen
daß ich mich frage
ob du mein
beharrliches Interesse
an dir als Mensch
auch richtig
verstehst?

Nachtigall

Du kamst direkt von dir.
Zum Plaudern
war dein Gepäck zu groß
zum Bleiben
weitaus zu klein.
Ich fürchte
du hattest etwas geplant
was mir durchaus
recht war.

Kalenderspruch

Sieht man Treue nicht als Fessel
sondern als erlesenen Schmuck
ergibt sich im Beziehungskessel
meist ruck-zuck ein Überdruck.

Über Grenzen

Festungen gab es nicht zu schleifen
wir rannten unsere offenen Tore ein
verbreiteten uns herzlich eingeladen
im Raum des jeweils anderen
öffneten jedoch nicht ungefragt
die Nebentüren.

Kehrtwendung

Die Flucht in deine Arme
würde mir jetzt
so passen
nachdem ich vorhin
soviel Wert gelegt habe
auf belebende
Entfernung.

Blues in time

Mit verglastem Blick
Schallschutz nach vorne
hinten Gerry Mulligan
Blues in time.
Vorne Regenglitzern
auf vier Spuren
hinten der Gedanke
an dich, Geliebte –
hastet vorne schräg
dieser andershaarige
Engel übers Fahrbeet
nimmt mein Vorne
mit auf die Reise
ins Hinten.

Hinter der Waagschale

Bekenne mich
schweren Herzens
bedrückt zu sein.

Gewicht hat sicher
der Wolkenvorhang
das Schweigen gegen mich
wie verabredet
und das Wissen
um die ungenützten
Möglichkeiten.

Belastend ist
wohl auch der Hunger
nach Äußerung
von Bedeutsamem
der sich nicht einfach
stillen läßt
durch ein paar
monologische
Zeilen.

Am meisten dürfte jedoch
die Sicherheit wiegen
mit der du mich
allein gelassen hast.
Wüßte ich nicht
daß du wiederkommst
ich würde mir
den Zentner auf der Seele
gar nicht leisten.

Winterland

Wann wird –
wie soll
die Kälte um uns
abnehmen?

Winter herrscht
im Land
ohne garantierten
Frühling.

Was wird –
wie kann das sein
wenn wir uns
nicht mehr
gegenseitig
wärmen?

Dann sind wir
uns sei Dank
beide so stark
daß wir
auch alleine
die Vertiefungen
finden werden
die warm sind
in jedem
Winterland.

Im Zweifelsfall
treffen wir uns
dort wieder.

»Letzte Worte«

Ausgeräumt
leergefegt
entsorgt
entstaubt –
gut aufgelegt
erwarten
meine Räume
was sie demnächst
beziehen wird.